AF490941

FOME & SECA NA TERR DO SOL

(Utopia possível)

" Para o grande e inesquecível amigo, parceiro musical e grande guitarrista - poeta do *jazz / blue*, *"in memorian"* de *Cláudio Fázzio*.

" *Jouquim Mattar*, seus poemas são fortes e combativos".

Jorge Amado, Casa do Rio Vermelho, Salvador, Bahia, 1986.

" Músculo e ânimo sempre: o que revigora a vida também revigora a morte, e os mortos avançam tanto quanto os vivos avançam, e o futuro não é mais duvidoso que o presente, pois a aspereza do homem e da terra contém-se em ambos tanto quanto a delicadeza do homem e da terra, e não há o que resista senão as qualidades pessoais".

Walt Whitman

(Folhas das Folhas de Relva)

Esta edição é dedicada a todos os oprimidos brancos, negros, índios e pobres que andam pela terra, proibidos de ver a luz da justiça e do amor.

Joaquim Mattar, Faculdade de Direito de Baurú, SP – 1986.

Para Renata, com amor!

Prefácio

Querido amigo, companheiro de palavra e de esperança. Os dois escrevemos, porque sentimos, porque acreditamos, com paixão. Você escreve com força, tumultuosamente. Seus temas, sua visão da vida, do mundo, de nossa América - " América Latina, eu te amo demais", canta a canção, cantamos nós dois, Joaquim – Também de Deus – de Jesus Cristo, presente de vez em quando como Quem é, o presente são temas e visão vividos, assimilados. Só acredito na palavra emocionada – que isso é a poesia. Você é poeta. Talvez poderia ser igualmente forte, apaixonado, porém mais contido. Eu acredito no controle da clareza – " *Yo hago profesión de claridade*", escrevi num verso, um dia. Escrever é uma ascese. Deve ser um serviço, uma luta, uma revolução de Justiça e Liberdade e Igualdade. Joaquim, irmão, conte em todo caso, com minha amizade n'aquele que é Fiel e é a Palavra e a vida.

Com um forte abraço, sou companheiro – senão " de bar", de esperança!

16/11/1985

D. Pedro Casaldáliga

Bispo de São Félix do Araguaia – MT.

I

o poeta é o artesão que testemunha seu tempo

constrói os versos sobre as veias do abismo

sua função é denunciar os abusos dos homens e a corrupção do amor

corrompem o coração com o vil – metal que sustenta a economia dos povos

com o desmantelamento da cultura e a falta de produção agrária – nasce a

fome!

fruto de gerações de

de acomodaçõcs c do tempo

versos construídos em prosa

guerras!

II

guerras de iguais quilates como o ouro colhido em riachos

garimpeiros sonhadores

iludidos bandeirantes que andaram na pátria

desde o nascimento da pedra sobre a terra

até o desmatamento pela economia do progresso

III

meu país tem as dores dos desvalidos (...)

condenados bilateralmente pela campanha abusiva das condecorações

e das medalhas que furtaram à pirâmide com inversão das rédeas do poder

IV

cantar o amor de todas as formas

como a rosa ou como a foice

nunca a violência sem se ater ao diálogo e a pregação da fé

mesmo que a terra se bifurque

que o sol derreta

que a nuvem esparsa se vá

V

reconstruir a história nos mitos e nos deuses

Bahia de todos os Santos

de Amado a desalmados fornecedores de dólares e

furtadores de cacau

VI

meu país tem sede ...

sede de ver escorrer o materialismo pelas costas dos bueiros

e desembocar nas constantes encostas do Atlântico

VII

Fomos descobertos pelas etnias das raças

Pelo encontro lírico do branco e o negro

Do índio e o branco

Do português com o francês

Do holandês com o alemão

Do japonês com o branco

E assim por diante

E diante do losângulo

O desamor de alguns

VIII

o poeta tem que denunciar

antes que o amor acabe

e a humanidade dos homens se converta

em alguma veia do apocalipse

medo de homem virar pó

e pó de ouro virar homem

IX

a força de linguagem é força de revolução!

ensinar o homem pela educação e a cultura

irrigar no nordeste água e despejar cachoeiras

de humanismo pelo sul

sudeste

sudoeste

oeste

Leste de todos

X

aumentar fronteiras e exterminar o colonialismo

e o medo das ideias intimidando ideais e gerações

(o pluripartidarismo é o *poemário* que não se acaba e o fogo mais fogo não se

apaga e não se extingue com goles violentos de água)

XI

o sol queima os semblantes dos latinos

renascera irmandade dos povos

compartilhar do mesmo sangue

do mesmo modo rústico e latinamente americano de viver

XII

não aceitar imposições de ações não humanamente concretas

enaltecer a criatividade de cada homem

respeitar a inteligência e cultivar a sabedoria

que Cristo deixou fixada pela cruz

XIII

meu país permitiu pelas leis dos homens no poder civil

um novo diálogo e uma nova maneira de libertação política

mas (...)

não é toda libertação!

libertação se faz no coração e não no voto secreto do espírito

XIV

a corrupção que corrompe o poder

é a corrupção que corrompe o homem pelo capitalismo

excessivo ou não

homens sobre homens

nomes sobre nomes

lutas vãs

sobre lutas vãs

XV

antes o luto que virou cativeiro

pelos pampas do sul

gente clamando por Veríssimo,

pelo embaixador

pela clarineta

pela literatura

XVI

minha terra tem as feridas depositadas no ventre

cravadas entre os ossos

diluindo um pús de United States

pelas vísceras enquanto crentes e carentes morrem

no saara brasileiro no norte do Brasil

XVII

seriam necessários todos os varões do vocabulário português

todas as linhas do coração

para exprimir o fluxo arterial

vomitando uma história de 1.500

(uma soma que se tornou ouro português)

XVIII

tempo e espaço antropologicamente nulos

por acaso a América

por acaso o acaso

de um Brasil - português na América

IXX

minha pátria hoje tem fronteiras abertas

todos andam

cantam e dançam

sem o medo terrível

da bomba "H"

pelo processo incivilizado do AI5

XX

terra do futebol

do samba e do sol da tarde

rios e raios que cruzam o rio negro e que

através das flores nasce a fotossíntese do lirismo agreste das plantas no

pulmão da Amazônia

XXI

Já é tempo de expulsar aqueles mercadores e sugadores de culturas

deixar o ouro

a madeira

o cereal de nossa terra

guerra! se necessário for

contra os espoliadores americanos que sugam o sangue latino

XXII

tudo começou com o amarelo da flâmula do espaço livre

com a liberdade de expressão

com Tancredo

com o movimento revolucionário cristão

com a sagrada anistia

num país que terrivelmente bania seu próprios bens

XXIII

chega de mercadores

de latifundiários domando terras às custas do suor camponês

a terra é do povo

a vida e a morte por Cristo se fazem!

XXIV

se hoje o poema é forte como aço

e violento como o chão

é porque da mão do poeta a enxada pede reforma

e o movimento agrário acorda como vulcão

XXV

meu poema não teme o calor da ira

que mandem o filho depositar as lágrimas em outras costas do sol

a gaivota negra voa e hasteia a bandeira branca da paz

XXVI

o racismo em meu país está sendo controlado pela militância civil

homens amando homens de todas as terras

de todas as cores

de todas as raças

na identidade

Tupi-Guarany

XXVII

se ontem a espada volveu no solo e no céu degolando

hoje nada mais esperar do governo que a indivisível liberdade dos seres

e a união total de almas

XXVIII

a terra é nossa!

o amor reside no homem como a pérola no fundo do oceano da vida

sopra na atmosfera a vertigem dos seres

e a fera que abriga em *Borges*

XXIX

noites de sertão - veredas ...

sonhos depositados no agreste nordeste

à espera da irrigação da água e do sensato convertimento das mãos

XXX

democracia se faz com respeito e liberdade

com fé e esperança na aurora do povo

nada nos poderá impedir que o ventre

solte o embrião que reside na pátria-mãe

X X X I

FOME & SECA NA TERRA DO SOL!

XXXII

pedem esmolas meus irmãos de pátria

as ruas estão embriagadas e os bares estão fartos de angústias

fome que está sendo depositada pelos latifúndios

e os donos de fábricas insalubres

XXXIII

meu povo morre de doenças primárias!

já não existem recursos

os hospitais estão inertes

o sangue está frouxo e frio nas arenas dominicais dos salões do Brasil

XXXIV

traduzir o amor em todas as línguas

inventar o jogo abusivo das palavras

cantarmos em única voz

o varão do amor

XXXV

subir com *Ernesto Serna Guevara* os rincões da América

aprendendo a distribuir a fé pelos quatro cantos

sem medo de perder os passos e os pés

XXXVI

a pessoa humana em meu país

tem necessidades primárias

tem medos escondidos e acumulados

lembranças margeadas de opressão e fúria

XXXVII

fazer como *Oswald e Andrade*

banir a história do exílio

na ironia catalogada no inferno abusivo

dos homens nus

XXXVIII

não viver nunca pelo desamor!

pela redoma impositiva da castração inventiva! Não

viver reinventando o amor

e gozar (...)

gozar entre os lençóis de linho e de cambraia

clamando intensamente pelo verdadeiro amor

XXXIX

os bancos escolares de meu país estão rotos ...

terão de serem cobertos de educação e cultura

de aprendizagem

de liberdade

pelo nome

e em nome da pátria

XL

a poesia é arte de construção

é operário trabalhando

construindo a terra e lavando respeitosamente as mãos

é Cristo falando em nome da justiça e do amor

arte revolucionária longe dos pavorosos mísseis e canhões

XLI

vejam América ... vejam!

a filha Hiroshima!

o tempo das trevas hão de passar

lâminas descartáveis de giletes montadas em

meu país

ferindo rostos com slogans multinacionais

XLII

meu povo tem mãos e braços fortes para contruir

reconstruir

inventar

detomar

invadir o mercado com nacionalismo e amor

XLIII

as bases do povo é amar a Deus sobre todas as coisas

Deus nos ofereceu a pátria para não vender

não espoliar

não ferir

XLIV

não depositar sal no dorso e no suor dos homens!

os camponeses merecem justiça

a burocracia não cava a terra e não cuida do leite da criança

que ainda em meu país

morre antes mesmo que conhecer as linhas do corpo

XLV

chega de companhias alienígenas

descartando interesses e ferindo soberanias

reergamos do lodo o varão da liberdade

antes que percamos por total o amor e a identidade

XLVI

minha poesia vem galopando sobre a sagrada denúncia em nome do amor

pelo amor

com todo o amor possível e invisivelmente visto

XLVII

queremos ter a liberdade da inteligência

para não causar a paranoia da depressão

e o aniquilamento da juventude

em miséria e degradação na velhice

XLVIII

liberdade

amor

e fraternidade (sobre todas as coisas)

sabedoria para com o teatro

o cinema

os meios jornalísticos de televisão

cultura a esmo!

XLIX

falar para os que devem ouvir

calar-se quando quiser e se necessário for

porque a terra se constrói com amor e ira

como o poema

a siderúrgica

e a eficiência da foice

L

liberdade antes que seja tarde!

porque seca

fome

&

medo

AINDA REINAM NA TERRA DO SOL

F I M

JOAQUIM MATTAR, é poeta, escritor e ensaísta.
Paulista, desenvolveu seus primeiros passos ,
colaborando em jornais alternativos, folhe -
tins de escolas públicas e artigos para a tri
buna do leitor. Nasceu numa época em que seu
país lutava contra os preconceitos e os atos
dilacerantes que afligiam o homem do Terceiro
Mundo. É um escritor social - LAURO CÉSAR MU-
NIZ no prefácio de um de seus livros diz: IR-
MÃO LATINO A PROCURA DE UM SONHO, NAVEGANDO '
POR TERRAS DA AMÉRICA MAIS POBRE, PREENCHENDO
COM BONITAS IMAGENS AS SUAS ANSIEDADES DE VI
DA NÃO VIVIDA, MAS PROFUNDAMENTE SENTIDA, CUR
TIDA, ENTENDIDA! JOAQUIM MATTAR, continua en
gajado nos movimentos da resistência contra'
o autoritarismo, a opressão e a fome do seu
povo. Sua luta é a independência do homem, o
amor e a paz. O Sociólgo GILBERTO FREYRE, cha
ma-o de simplesmente BRASILEIRO DE INCLINAÇÕES
LITERÁRIAS.

- O autor na Secretaria de Cultura de Bauru, 1985.

www.ingramcontent.com/pod-product-compliance
Lightning Source LLC
Chambersburg PA
CBHW060916130726

48001CB00006B/2268